水門破り

森田 陸斗

七月堂

目次

水門破り

荒野に立つ

まだ、裸足でいることを許されていた頃
昼下がりの薄暗い部屋で
ぼくは　画面越し　に
荒野をみていた
果てとしての荒野を
永遠に来るはずのないものとして

ぼくにブランケットがかけられたとき
微睡みに巻き込まれて
荒野は遠ざかっていった

ぼくはまもられていた
思い出に褪せた
ぬくもりによって

それ以来
荒野は
ぼくを手招いている
ぼくの終着点が
荒野にしかないと
告げるように

ぼくはいま、大きな午睡の中にいる
やさしい布に包まれたような微睡みの内側で
未来をみつめている
純粋な未来を

ぼくが守るべきものとして

ぼくはいずれ、荒野に立たなければならない
微睡みの内部で手にしたものを
失わないために
その足を傷付けないように
靴を履き
長い午睡から
目覚め
荒野に立たなければならない

午睡の終わり

幾層にも及ぶ午睡の中から
目覚めつつある

おもちゃ色の扉の前に立ち
丸みを帯びたドアノブを引くと
吹き込んできた硬質な風が
確かめるような手つきで
産毛に触れていった
円やかなこの塔の最上階で
ひらききらないまぶたをしょぼつかせ

あくびにまぎれて　するどい空気を吸う
肺のひろがる感覚で　少しだけ浮ける気がする
けれど浮いてゆく場所などなく　時がそうであるように下るのだ

ぼくは
最下階で横たわるぼくの器へと
灰色の結像を織り上げるために
眼下に連なる黒く艶やかな階段を
他ならぬぼくの足で降り進まなければならないらしい
どんな狭い段も踏み外さずに
各フロアを通過していかなければならないらしい

遠ざかってゆく微睡みを最後まで愛でるために
器へと続く階段を両足で丁寧に
一段ずつ下りてゆく

かなしい

へやがくらくてかなしい
おりがみがなくてかなしい
ころんでいたくてかなしい
まなみちゃんとなかなおりできてかなしい

下降しフロアを通過する度
ぼくを包んでいたやさしい布が
一枚ずつ
剝がれてゆく

宿題はまだ

夏休みの自由研究でカブトムシを観察することにした
マサちゃんとマサちゃんのお父さんと三人で

クヌギ林へ採りに行った
何体も大きなやつをつかまえられたけど
一番きれいなヨロイを着ているこいつを家に連れて帰った
かごの中でのっそりとゼリーを食べている
こいつをブシドーと呼んでいる
本当はブシドーブレードムラクモオリジンだけど
長いからブシドー
ある日　近所のウエスギさんが
飼い切れないから　と言ってメスのカブトムシを一体くれた
土を被ってじっとしている
こいつをモチヅキと呼ぶことにした
ブシドーとモチヅキはけっこう仲良し
本当は戦っているところが見たかったけど
これはこれでいいかもしれない
この二体の観察日記を書いて学校に提出した

夏が終わって　秋が来て
ブシドーが死んで　モチヅキも死んだ
けれど二体は命を残していった
こいつらを育てて観察しようと思う
八月六六日
宿題はまだ終わっていない

ぼくは皮膚から浸透する透明な感触に震えている
微睡みの温度がさめてきた頃
身体から　ようようとゆれるやわらかいもつれが
失われつつあることを自覚しはじめた

persona

驟雨よ打て　糜爛した我が姦邪を

疼痛無くして越える勿れ　嘆声反響させる靉靆
骨立を隠蔽する persona が
累犯してゆく　虚偽の眩耀
罅割れた虚顔を剝がしても　なお
痙攣のように譎詭張り付き
竟に己が面貌忘失するも　支障なし
しかしこの皮膚間に生立った苔垢を
縊る術なければ悟る
我が芥蔕を解体し得る者なきを

決して立ち止まらず　しかし目は逸らさず　拾いこぼさず　拒絶せず
ぼくはぼくの幼さを通過してゆく
小刻みに息を吐き
階段を駆け下りる

やがてぼくは最下階にたどり着くだろう
この身を最後の一糸として　織り終えた結像を　器へおさめることで
ぼくはようやく目覚める
そうしてこの親しい揺りかごから出てゆくのだ
微睡まず　惑わず　纏わず　蝋くさい色彩へと振り返らず

塔の外だって明瞭な痛みばかりではないだろう
もしかしたらまだ午睡から覚めていないのではないかとも　ふと　思う
しかし　曖昧なままでもしばらくすれば　濁った湿度も素肌に馴染む
寝覚めた人々のそれぞれのゆめの色が混ざって明度は落ちてゆく
淀んだ光で肺を満たして　ぼくはそこで学んでいくのだ
やさしい布の織り方を

いまはまだ白いこどものために

。

きみとの会話は二行目からはじまる。たどたどしく一行目を空けよう。

きみの声はベッドにかけたシーツのようにふくらんで、何の影響も受けないまま、しぼんでゆく。きみはぼくの冷たい関節に手の真昼の部分だけを置いて、しぼんだことばのしわを伸ばす。

ぼくは疑似餌にかかる魚だ。かぎりなく現実に穴を空けて、その先でゆらゆらと手招く姿に脱力してしまう。重力よりも遅い、きみの落下、きみは小さく、何度も落下する。大人はそれを微笑みという言葉で括ってしまうんだよ。きみ以外が塗りつぶされた画用紙のうえで踊り続けているきみの、残像で太陽が近い。

まほうせきやおともだちで散らかった部屋には、陽光の下、希少な部位である涼しさで部屋が満たされている。それは、夜に想う昼下がりの涼しさ。だから、夜の残骸を見つけたら、きみが気付かないうちに、そっと、ポケットへしまう。

いつかきみが、口の中で転がすキャンディのテンポの音楽を拒絶しはじめる頃、または、きみがその身に、今のぼくと同じほどの夜を蓄積させる頃、ぼくはまだ、きみを白色で呼べるだろうか。そしてきみは、変わらずに白いはにかみを向けてくれるだろうか。

いや、半永久の白色なんてかなしい。きみは白くなくなってゆく。ゆけ。きみの染まるほうへ。きみをみちびくひかりの色は、きみがいちばんすきな色だよ。きをつけて、ゆけ。

息づく世界の生活へ

ぼくは今、閉じ込められて、季節を剝奪され続けています。

ここは、教科書に載っていた、林の向こうの施設のように無音です。

触れてはいけない彫刻のような硬い壁に囲まれていると、ぼくの息が揺らすものはなくて、ずっと、浅い呼吸のままです。

呼吸は振り子なんです。吐かれた息は、葉やカラメルやまつげや波を、揺らして、戻ってくるんです。自分の元へ戻ってくるまでに、どれだけのものを揺らしてきたか、それによって、吸う息の深さが変わるんだと思います。

ここにはもう、ぼくの触れたことのある空気しか、充満していません。ぼくの体温も体臭も、この密室の空気と混ざり過ぎてしまいました。

もはや、ぼくは、水槽の中でしか生きられない観賞魚です。一度慣れてしまったら、そこがどんな冷たさで満たされていても、気付くことができないまま、いや、気付かないふりをすることしかできず、段々と、弱っていくんです。

ただ、継ぎ目のない門が不意に開かれることはないということには安心しています。

ぼくはここで、なにをしていればいいのでしょうか。

日々、からだの連続性がうしなわれてゆくのを感じます。

動揺の方向を失ったこの部屋で、何か、繰り返すべきことがあるのでしょうか。

いや、もう気付いているんです。

ぼくは、密室になんて、いない。それは、あなたが一番知っている。

ぼくより

はめ殺されたこの場所は、決してぼくを傷付けず、されど窒息させてゆく。世界の連続性から外れた部屋で、テロメアのようにすり減るぼくの、喉奥が狭まって、間隔の空いた意識。ぼくはシーツのよれたベッドへ倒れ込む。ぼく。込む。ぼく。ぅむ。ぼく。む。ぼく。ぁ。ぼく。あぁっ。ぼくってぼくだ？

ブラウニーに入っていくフォークように、しっとりとまとわりつく速度で、重さで、約束で、ぼくは、ベッドの中に、ぼくの中に、沈んでゆく、天井が遠のき、瞼の裏が遠のき、天井が遠のき、壁が遠のき、部屋が広い、世界が広い、知らない、随分明るい、長い。はい。はい。はい。はい。はい。かしこまりました。はい。はい。はい。申し訳ございませんでした。はい。はい。はい。はい。ハイボールと、ももの塩、かわの塩、せせりの塩で、お願いします、はい。はい。はい。はい、わたしが学生生活で特に力を入れたのは。終章　第二節　今後の展望。図書館の一階にいるよ、うん、じゃあ昼過ぎに合流する、年内には終わらせないとだから。埃及人の言葉を理解するというかたちで、言語によって形成されていた自己が揺らぎ。今学食?、席まだある?、発表資料印刷し終わったら。高峰が九年前にすれ違った人物こそが。今日五限まで。サークル棟の駐輪場に。概論。七号館。おれはウーロン茶だよ、酒って苦くないか。きしむようにわれて皿の上にぽろぽろとこぼれるパイ生地のようにこまかな層になったぼくを通過し、ぼくは口内が乾きはじめている。脱力した顎のまま、ぼくは沈み続けている。過去へ、ぼくへ。

accumulate 蓄積する、nurture 育てる、grow 成長する大きくなる、correspond 一致する文通する。ぼくへ。ぶかぶかなんだけど、そんなに背伸びるかな。ぼくへ。エターナルダークネスフェニックススラッシュ、でゅしっ、あ、習字セット忘れた。ぼくへ。ぼくへ。ぼくへ。ろうかのかべがみのもようがめにみえて、みられてるみたいで、こわい。ああ、ふみや、まさと、あかねちゃん、ももこちゃん、みつこせんせい、ゆりぐみのみんな、ぼくは、もう漢字が書けます。

コン　とフォークが皿に当たる。ブラウニーを最後まで通ったフォーク、その先端についているのは、表面の生地だ、ブラウニーの、どこまで沈んでも。

祝福を逆さから聞くと起こる微風、背中に温度が戻ってくる。ようやく着地した新生児室で、どんな言葉よりも先にぼくを照らしたのは、廊下から差し込むこもれびだった。ミルクレープのようにしっとりあまいやわ布を何枚もていねいにかけられている。

そういえば、ぼくがかなしくて部屋から出られないときにはいつも、あまいもので連れ出してくれた。栗毛の細かい不幸そうな唇の、あのひとはいったい、だれなんだっけ。

新生児室にも暗がりはあって、きっとぼくらは予行演習させられている。暗がりを見つめているとまだ沈んでいけるような感覚がして、ぼくは反射的にしがみつく。自らを抱くことももままならないこの短い腕で。ぼくがしがみついたのはきっと、まだぼくではない、少し大きな背中のぼくだ。そのぼくも、その先のぼくにしがみついている。その先のぼくもぼくに、ぼくに、ぼくに、ぼくに、ぼくに、ぼくに、ぼくに、ぼくに、ぼくに、ぼくに。どこまでか連続するぼくを連続させるぼくに生かされているぼくはこれからもぼくを連続させるぼくが生かすぼくを連続させていくぼくだ。ぼくにしがみつき、ぼくにしがみつかれる人肌の中で、ぼくは解ってしまう。

季節
手放したのは　きっと
ぼくなんだ

ぼくが起き上がったベッドで
寝坊しているのは
ぼくだ
レースカーテンのように
そよぎ寝している

やわらかな
ぼくの重なりを
揺すり起こす
窓越しの
月のかたちに
合せた両手から
頬をはがして
丸まったからだを
ほどいたぼく達は
ぼくに目を遣り
浸透した

東から血がのぼってくる

ぼくの脳は海のかたちをしている

蝶形骨洞から流れてくる潮風が
鼻道を通過し粘膜を焼く
眼窩が波に濡れる度
沈んだ眼球に水圧がかかる

ぼくの脳は海のかたちをしている

月の引力で上昇してゆく海面が
頭骨を波打ち　脈動を錆びさせる
海揺れが悪化しないよう

凪が来るまでうずくまるぼくの身体は
被葬者未定の海際の墓だ
感覚野にまで潮が満ちるとき
遠くの海面に　浮んだ　情景を
記憶のどこに挿入するべきなんだろうか

洗面台に吐き出した　生臭い血は
淡水魚のように泳いで　水と
混ざりながら　配管の
渦潮へ　飲まれていった

この町に流れる川はどんな虚像だって連行しない
川面の影は沈みもせず　曖昧に滞留する
記号に凭れた情動は石となって水底におち
川流れが長い時間を掛けてほどいてゆく

川沿いの道にはいつもうわずった飛散があって
じゃりじゃりと足をずるたび　視界に黒点が増えていく
対岸の民家の明かりが祝祭のようで
堤防の滑らす闇によれた川へ
一隻の葉舟を浮かべた
漕手のひとりも乗せないまま　遠ざかってゆく
お前のいとおしく破船した姿を見せてくれ

脳の海へと
帰結する

果てた川がやがて海へと、疲弊した身体を沈めるように
この町に流れる川もぼくの脳へと流れ込んでくるだろう

幾多の川筋がぼくの脳溝をつくる

海荒れに耐えつつ　ぼくは垣間見る
すべての川の終着として
ぼくの脳は揺れる

マンホール

ぼくは自傷し続ける海を傍観していた
太陽はぼくを責めるだろう
海も太陽も病気だ　きっとぼくも

もうすぐ夕暮れがくる
夕日にすべてくべてしまえばいい
鈍色の空の下で生きたぼくは
何の答えも持ち合わせていないのだから

赤黒く腫れあがる海に

「知らない海だ」とつぶやくと
「あなたが海の何を知っているの」と声が聞こえた

ぼくはなにもわからないままだ

海岸に脱ぎ捨てられたサンダルの
その先に
足跡が続いている　これは
いったい、誰のサンダルなんだっけ?

生肉のような波が少しずつ近付いてくる
壊れた犬のような挙動で　空の
容器を押し付けながら　波は
ぼくの足首を舐めるように濡らす

ぼくの無能を
ぼく以外の誰が肯定するのだろう

海面に反射する夕暮れがぼくを睨んでいる
きっとぼくはゆるされない
潮風に肺が満たされて
関節が溺死してしまう前に　ぼくは
ぼくの潮騒から遠ざからなければならない

それならいっそ
海から飛び降りてしまおう
全身の力を抜いて
永遠を否定しながら
現在地を常に叫び
加速し続ける

風切り音だけの
無痛のなか
ぼくはやがて
衝突するだろう
ぼくを傷付ける鈍色の地面と

それでも　ぼくは
擦り傷を恐れずに
転がり続け

そこで出会ったマンホールを
月と呼ぼう

水門破り

生きている水を掃くには櫂、ぼくのは透り過ぎて
泥のついた上腕が搔き揺する、一塊の勢いのうえに歌がする、低い声の群歌、遠ざかる水さえも拍を取り、汗の臭いが湿らす一流れを、途切れぬ力で越えてゆく、
そんな渡り方のできる川はもうなくて、
ひとのにおいがしないこの川は、蛍光灯に照らされて、欠けた流れに反射した、明るさがぼやけて乾いてゆく、
継ぎ目の浮いた、壁紙に指をすべらせて、すりむきもしない速度で流され、すくった水を頭上になげると、臆病な天井がしかめる、おくれて垂れる滴がぬるい、
景色なく、暗がりを排除しただけの、事務的な明かり、にしめられ光なく、この長く続く広

間を、表情なく、満たして流れる、よどんだ底の、安全な川、
ぼくは、川のうえで、一切の操縦を放棄している、
重心のかけ方で進路がやや傾く、と教わった、気がするけれど、
岐路を失ったこの川で、
緩慢に流され続ける以外に何をすればいいのだろう、

窮屈に跳ねる水波で
頬がべたついてきた頃
衝突した
川の終わり　幼水路の行き止まり
打ち止めの壁に備えられた
扉を開く

　ドアノブをひねったまま静かに扉を閉じると、長机を前にして三人が並んで座っていた。

彼らに正対する位置に一脚の椅子が置かれている。着席を促されたので座ると、濡れた衣類

が腰及び臀部、腿の裏にはりついた。鏡を見る度に自分の目鼻立ちを気にするのと同じく、微動する度、不快は意識にせり上がる。一人が口を開いた。「ここまではどのように来ましたか？」どのように？　ここに辿り着くまでに、ぼく自身の意志で決定したことがあっただろうか？　ドアノブを触ってから指先がぬるぬるとしている。互いで拭うように指の腹を擦り合わせ、粘滑感を引き伸ばして消してゆく。「わかりません」ただ流されるままに。

ぼくは予知夢のように、椅子から滑り落ちる感覚に襲われた。浅めに掛けた椅子からこぼれそうな体重の分だけ、普段使わない筋肉に力を入れる。「ここに来た理由を教えてください」理由？　理由があったからぼくはここに来たんだっけ？　じゃあ理由があれば他のところへでも行けたってわけ？「わかりません」「以上になります」ぼくは促されるままに席を立ち、扉を開けた。退出する際、閉まる扉の隙間から三人の表情が見えた。まるで鬼簿にぼくの名前を記入し終えたような。

ぼくを乗せてきた舟が沈水しはじめている
壁を打つ水波がそのまま返され　少しずつ舟体に溜まっていったのだろう
打ち止めの川じゃ水波はどこへもゆけない

きっとぼくもこの水波と同じだ
脱力して舟へ倒れ込む
うつ伏せのまま搭乗したぼくは舟体に溜まった水波に溺れる
喉が身体の奥に沈んでゆく
脈は水揺れと同調しつつある
頸部に大きな壁が
建造され　頭部と
胴体が断絶された
微光を掴むように
息を吸うと
刺痛は鼻孔を通過しゆき
咽頭は
胸腔から収集した
虚しい
空気を

吹く

含み笑いがくすぐったいんだよ
巨躯の子供と戯れているような圧迫感がぼくを遠く、
遠くに置いていく
真水の淡さ、眼球に摺り重ねられ、視界は暗む、際限なく黒は更新し
ぼくは思い出した
身体の内側には隈なく影が差しているんだって
温い影　溶けてゆく　無灯の川水　つめたい方向に
血液に川音が立つ　水中のどこを触れても　ぼくの体温だ
耳管は伸長され、ぼくは歩いてゆくことができない
入院患者のようにただ横たわりながら眺めている　消灯した廊下を
通過してゆく、かつては蒼かったはずの薄明かりを

割れた半体が急激な下降感に襲

われた
半体が急速な上昇感に襲われた

どこへ沈んでゆくんだっけ、ぼくはどこから倒れ込んできて

転覆した舟で柩が完成し
ぼくは水葬されてゆく

もう　この身体から降りようと思う

扉の向こうでの問答を思い出す
ここに来た理由　どうやって来たか
理由があったからここに来たんだっけ
そうだっけ
自分の意志でここに来ることを選択したんだっけ

　でも　ぼくは
　ぼくが舟に乗った最初の日をおぼえていない

舟はじゃれた犬みたいに　舟底を
天井の向こうの太陽に見せている
お前、天を渡っていくつもりなのか？
それなら
ぼくも
連れていってくれないか
いや、ぼくはきっと　ここに沈殿しているだけだ
沈殿？　そうか、ぼくにはこれ以上
深く沈むことも許されていないのだ

肺から最後の空気が抜けた
九月のクラゲのように浮かんでいった

ぼくだって望めば、どこに行けたって言うんだ？
肺はやさしい表情で無理に膨らみ　喉が
叫ぼうとする度　さらに水を迎えている
すべてはぼくが選んだ現状なのか？
身体の中心を通る一本の管は
一回り大きい水流に掘り拡げられる
この川に生まれて、この舟が揺りかごだったんだ
押し入る感触に　管の内膜は
引っ張られ　破れ　擦り剝けていく
ぼくの生が、ここに辿り着くことになっていたんだ
身体の内側に汗が染み出てきた
だったら、ここ以外のどこへ行けたって言うんだよ
肺へ入る水流は速度を増す
こんな水底に流されて
どうすれば良かったたって言うんだよ！

ぼくは無い息で肩を上下させている
　　なぁ！

うなじに落雷が控えているようで
音だけがまだ落ちていない
身構えた胸部は既に収縮しはじめ
ぼくの内側で何かが　細指の届かない何かが
絞められた魚のように微震している　それは
何かに耐えているようで　そして
義務を待っているようで
空をはじめて飛ぶ鳥が
羽を広げた瞬間に似た
決意を帯びて
膨らんでいる
しかし、この膨張が

ぼくを飛ばすには
ぼくの身体は沈み過ぎている

深い眠りの前のあいさつの言葉を
忘れている
そういえば
ぼくは
生まれた瞬間
最初の目覚めのあいさつの言葉を
叫んだんだった

背中には水底があった、やわらかく
短い手のひらにふれられているようなたのもしさ
なびくカーテンの向こうに大空の温度がする
フローリングを歩くぺたぺたとした足音と

長日植物のようにこちらを見上げて笑う顔
いつまでもあなたを撫でる焼き菓子のにおいがして
そうか、これを光と呼ぶんだっけ

息がしたい

肺に溜まった濁水を吐き出したい
空気を鼻から目一杯吸い込んで
身体の内側に陽光を当てたい

ぼくは柩の蓋を開けて
起き上がる

川底の砂泥が
足首に纏うように

踊り上がっている
砂泥はそのまま
どこかへ案内するように
ぼくの足の少し先で踊り続けた
ぼくは砂泥と共に水底を歩く
水を薙いで砂を踏みしめる度に
小さな声が聞こえている気がする
やがて　砂泥は立ち止まった
目の前は　水中まで貫かれている
打ち止めの壁だ
ぼくの櫂が立てかかっている
深く身をかがめ　壁に近付いた砂泥は
一度　こちらを振り返り
それから　壁が水底に差した影の隙間に
消えた

ぼくが膝を曲げようとしたところで
壁の向こうから
深い眠りの前のあいさつの言葉が
聞こえた

伸ばし切った腕の指先で
押され
ぼくは浮上していく

この壁の向こうにも　きっと川は続いている
ここは川の終わりではない
流れ来るものたちを堰き止める門だ
ならば　ぼくは
この水門を

川面を突き破り
顔に纏った水を手で拭うと
水位を増した川が
道化の顔で笑声を上げていた
水波は泡吹き、転び、身を打ちつけている
壁と天井の生温い吐息が肌に触れた
少し遠くで
舟が浮いている
ぼくは櫂を抱えて泳ぐ
舟は　生き永らえた未遂者の表情で
脱力している
ぼくは舟を両手で持ち上げて
舟体に溜まった水を被った
舟よ、ぼくと共に来い
お前にはまだ　向かうべきところがある

水門は獅子の彫像のように、静止した咆哮を漂わせている

櫂を透す

直上を向き、喉から腰まで、ぼくは一直線に貫かれる。櫂は脊柱と重なり、神経の目覚めに濁っていく。その神経と結びついた抑制の重なりが織る鋭さが身体の内側の影を波形に反射させ、

櫂は

白刃となる。

口からつき出た柄を逆手で握りそのまま前へ倒す。中切歯の間をじゃりじゃりと削り進み、下口唇の弾力を押し裂いてゆく。顎骨に引っ掛かった刃を小刻みに引き震わせて抜くと、細かくきざまれた歯肉の先に小さな亀裂が入っていた。
刃先を浮かせる。上顎の中切歯に棟が当たり、押し殺したような金属音が口内に響いた。
順手に持ち変える。亀裂目掛けて柄を引き下ろす、刺さった刃を上顎の方へ押し抜く、
引き下ろす、押し抜く、引き下ろす、押し抜く、

下ろす、抜く、下ろす、抜く、下ろす、抜く、
刀身を揺らす度に仙骨が切先に撫でられる。刃が骨を叩くのと同時に顎を持ち上げる。何度も刃を打ち付け、ようやく下顎骨が割れる。頚椎を一息で砕き抜く。再び、上顎まで刀身を戻す。上顎の中切歯に棟が当たる。
刀身をさらに持ち上げる。歯間が押し広げられる。ざらついた滑りを抜ける。その勢いで歯茎を切り、通る、打金音が響く、脳の向こうへ消えてゆく。
握り強く、上顎骨から一直線に引き下ろす。
下顔面の切れ口に風が走る。頚椎がさらに細かく砕ける。仙骨が削れ目に沿って割れる。刃が胸椎に到達する。切先が腰の皮膚を貫く。胸骨に刃が刺さる。そのまま柄を臍へ引きつける。切先が持ち上がる。背が裂ける。刀は胸骨を中心に弧を描いた。半円形に血がしぶく。
背後から降る血を浴びて、
ぼくは
背筋を伸ばす。肉を切り退けながら刀を胸の中央に調整する。柄の頭を両手で覆う。
息を吐く
心臓を深く刺す

息を吸う
刀が鼓動で揺れる
柄を強く握り
心臓から垂直に
櫂の刀を引き抜く

目の前に壁があるなら櫂、生きた骨肉を通り過ぎて

ぼくは
舟に立ち
滴る胸を
太陽の方へ向け
脈打つ
櫂を振りかぶる

ぼくが今まで渡って来た川の辿り着く先はここで良い
ぼくを乗せた舟が辿り着いた先はここで良い
他のどこでもなく
此処で良い
理由などなく
此処で良い
ぼくの流れてきた川を肯定するために
ぼくのこれまでを肯定するために
流れを堰き止めるものはすべて破れば良い

爽愛を、

律頷を、　渇月を、　逢礼を、

憔叛を、　失雷を、

残疼を、似狂を、瀝海を、秘季を、
独朝を、
痣錆を、終惜を、涙光を、枕走を、呑襲を、挙笑を、囁叫を、
褪情を、単至を、吃望を、扉嗎を、
復寓を、白幼を、
忌強を、
越照を、況恋を、焦漸を、
凪倖を、水闇を、
孤喜を、
挿郷を、味節を、湖汝を、

天ぐ、

風る、葬夏ちる、窓む、

花ぬ、濾しむ、
永ける、遠嘘つ、岸う、澄亡る、
鬼せる、故ばる、
駅く、死与れる、暈ぱく、
獄す、被離う、子く、癖こる、奏外す、自る、
星がす、
旗れる、過ぴぐ、右める、涛ぐ、
魚く、数砂げる、身す、
窒希う、名す、
唯む、
扉く、

雷轟が耳の後ろで
反響している
水波は

ようやく
身を伸ばし
辰のように
たなびいてゆく
景色は
光彩のまま
遠ざかり
ぼくの背は
押され続ける

構築された世界の上で

捏ね繰り回された惑星に生まれて
地球のどこを切り取れば
ガーターベルト、キャノン砲、プリントシール機、メンチカツ、リニアモーター、求人誌、
　　骨も皮も取り除かれて　牛の名前が割れる世界だ

したたる命のにおいがしない
いや、ぼくは一度だってここで嗅いだことはないのだ
加工済みの場所に生まれ立ち（オフィスビル枯れても）
感触の鈍い鋪道を行き続け（芽吹かない）
一体いつから建物と建物の（ガードレール風吹いても）

隙間を道と呼ぶはめになったのだろう（そよがない）
矯正した歯列と同じ等間隔に植えられた（電波塔見えない花）
街路樹は表情なくゆられる（散らさない）
大皿のおかずは不確かな善意で残されて（マンションこれ以上）
捕虜のように静かにたえている（生長しない）

あらゆる装置の微音を聞くため、人は羽音を立てる虫を潰す
もはや人間生物は
自ら構築した世界を廻すため、世界に構築されている

構築された世界の上で　ぼくの身体だけが　未構築のままだ

鉄と灰と死骸と皮脂を
捏ね繰り回して出来た密室は
絶え間なく駆動音がしているから

ぼくはぼくを動かす心音が聞きたい

ドアを開けると
誰にも所有されていない空
気のにおいがした

ぼくは
裸足のまま
アスファルトの上を
走る

生きた空気が肌に当たる
薄クリーム色にたなびく　これが
風なのか
ふわりとした抵抗を進むと

去り際　反動で少し押される
倒れたボトルから血は零れ
どぷっどぷっどぷっどぷっと
脈打つ　空を掻き
脈打つ　冷気吸い
脈打つ　影蹴り退け
脈打つ　影踏み掴む
喉は呼吸のはやさにひりついて
鉄管を飲み込んだようにまっすぐ冷えている

雲に一滴の墨がにじんだ　空の湿ったにおいがする

小石が
やわらかく　めりこんでいく

へこんだ足取りは前傾のまま逡巡する
足の裏に半透明な膜の層が形成されて
段々と裸足の純度が遠のく

遠く、屋根をつく、まだらな音がする

黒く汚れた足の裏は影と癒着しながら
ぼくをしっとり沈下させる
長く伸びた影に指でつつかれた
腕に水滴がひと粒くずれている

ぼくは濡れたシャツが身体中に張りつく感触を想像して

濡れたシャツ？

シャツなら
もう
濡れているじゃないか

脈の引いた身体に冷たい心音が響く
表皮のない水からは生臭い命のにおいがする
視野の淵に　何か、何かが染み込んできて
遠い、建物が、広い、道路が、空が、どこまでも巨きい
ぼくの身体は、
こんなに小さかったんだ

硬化した足の裏で
黒くぼやけた瞳孔と　目が合った

白い椅子

永久歯のくずれて
喃語にふたたびかかえられて
まほろば
とだけ唇動かし　腰を下ろせば
もはや　自立することもままならない
土にたてられた
白い椅子にうわり

着席の意味もわからないまま　並んでいる
ほうきとちりとりを持たされて　最後尾

満席の森で
椅子があるから　地べたに座れないの
座るために　立って待つの
手に持つものを剣と盾に見立てれば
なぜそんなに怒るの

次に着席するひとの目の前で　樹木のような遺体を片付けて
ひとり分進んだ列で　柄のぬくいほうきとちりとりを
後ろに渡せば　眉を顰められる
そうしてようやく着席の意味が
わからない、ままだから、寝転んでしまう
樹間に空が見えて　頬に土のついたまま　片付けられて
くすぐるほうきの毛束から
いこい
のにおいがする

許可

ひとに殺されるより、ひとを殺してしまう方がかなしいことだ、と言ったら、多分、君は嫌な顔をする。主語を変えて、述語も変えて、擬情語なんかも使ってみれば、君だって嫌な顔はしないだろう、多分。ねぇ、夏ナスを共有するより、姿見を温める方が、わたしは、しんみりしてしまうんだ。君が言う、んー。言うでもない、鳴らすだね。喉の一番簡単な使い方してんなよ。猫背のままこっち向いて、ナス食べたい。と君が言ったのでスーパーマーケットに来ています。びびって、わたしは、なんて言ってしまったから、君の上機嫌を手伝ったみたいで釈然としない。お菓子コーナーを通るときに、食玩付きのキャラメルを買ってしまいそうになる。なってもいいのに。いいんだっけ。なんでだめなの。なんでだっけ。何かの映画で、地下倉庫のようなところで子供がカートにお尻から乗って遊ぶシーンがあった。それがうらやましくて、わたしもいつかやろうと思っていた。ここにはこんなにカートがあって、自分の手も今まさにカートを押しているのに、わたしは、もう、お尻からカートに乗れない。この道を通学路にしていた頃からずっと、町の掲示板に何かが貼られているところを見たことがない。掲示板の裏には、知らないフルネームが参上したり、下の名前と下の名前が三角形の底辺から伸びた線を挟んで並んだりしている。そういえば昔、わたしもここに名前を書いてみたくて、でもどきどきし過ぎてやめて、結局、文房具屋のペン売り場の試し書き用紙に下の名前のイニシャルを書いたんだった。わたしがわたしの名前を書けるのはいつも、氏名という文字で囲まれた四角の中だけだ。つかれましたよって息の仕方で帰ってきても、君は、んおぅぃ。おかえりと鳴いた。そんな発声で日本語と認めてもらえるのは溺愛されてる犬猫だけだよ。君がめずらしくペンを持って机に向かっているから、冷蔵庫を静かに閉めたけど、クロスワードパズルかよ。マスの大きさから見て、大人用じゃない気がする。どっかの神経みたいに入り組んでる真ん中らへんが君の下の名前で埋まっている。君はきっと、わたしの何倍も、自分の名前を書いてきたんだろうな。でもさ、自分と同じ名前の存在があんなに大きいってどういう気分なの。わたしはいつも、ナスは血の味がほんのりするから好きって思っているけど、誰にも言えない。

キスすんな！

パスタとの相性が悪い恋だ
切れ目ない君の話を、咀嚼するために、細かい相槌を打って、
口にパスタを、入れるタイミングを、逃し続けている
手元のフォークが、運行見合わせの、電車のように、
膨らんでいるから、一息で
駆け込んでみる

ほおばったパスタで
むせたから
止まった水で

喉を流す
ぬるんだ水で
むせたから
君の言葉で
喉を流す
君の言葉で
むせたから

きみに
キスを
する

すんな！
しやがった！

おいおいおいおいおい、すんなってば

キスすんな！

乾燥した唇を割ってしまう前に
なにもおもしろくない
という顔で鍋に火をかけて
煮えた肉を唇に撫でさせるようにして食う
お前とお前の恋人がしているたのしい恋愛の真似事だよ
なぁ、教えてくれ
お前たちのキスは一体、誰の真似事なんだ？

お前たちは
気怠げに体を揺らして
夜の流れでキスをする
いくつかあるパターンから
お気に入りを選んでいるだけだ

ああ
選択式の恋愛をする者たちよ
恋愛とは記述式
お前たちは０点です

なぁ、お前たちの恋愛は何のドラマのパロディなんだ？
付き合わせ付き合わされる恋愛芝居に
台本を捨てて臨む覚悟もないのに即興気取りか
交わしたその睦言の出典を明記しろ！

ああ
引用ばかりの恋愛をする者たちよ
恋愛とは論じること
お前たちに単位は出ません

初恋を体験するよりも先に「恋愛」という言葉を知って、わたしたちの脳には恋愛非公式マニュアルがインストールされる。日々アップデートされるそのマニュアルは、わたしたちの今日の恋愛を定義している。
だから多分、彼は恋愛非公式マニュアル甲で、彼といるときのわたしは、恋愛非公式マニュアル乙だ。どんなにロマンチックな言葉だって、予習おつかれさまって感じしかしない。
それに、ほんとうの恋愛とはきっと、この世にひとつだけだ。はじまりの恋愛。それ以降の恋愛はすべて模倣だ。恋愛ごっこだ。人間たちが代々受け継いできた恋愛は、きっともう、ただの伝統様式だ。
ありがとう。恋愛をつくってくれて。だけどもういいよ。
わたしら、
てか人類、もう、
恋愛越えた。
人類史上はじめて出会ったあなたとわたし、
誰にも名付けられていないことをしちゃいませんか。

お前に芽生えた愛を叫べ！
愛と認められているものではなく
自分自身の愛を！
誰に認められていなくても
お前たちが認める恋愛をしろ！
恋愛じゃねぇ！
ミヨーチルプルメアヤーだ！
お前はニョッピプチパンラッボラッボしろ！
グリヌミオソォクキュキュンでもいい！
本能と本能でミュチーパムーヨをしろ！
お前たちだけの方法で
お前とお前の恋人の関係を愛せ！
それはお前たちだけのもの！
だから
キスすんな！

視線

君の残像の
瞳がこちらを向いていて
奇数だ
君は
ぼくの頭蓋の内側に映写された
遠い温度の亡霊だ
君のなくした眼球は　まだ
ぬらりとしたまま　ぼくの
どこかの皮膚の下に　沈んでいる
華奢な光が待ち合わせる場所を歩くと

上映される　亡霊の回視

長いエスカレーター長いまま
落ちてく
あなたの後ろ首
あなたは暑がって
上着の袖をまくる
エスカレーターまだ
三段　残って
いるのに
飛び降りる　瞬前、私にあなたが向けた視線、自滅から救われるのを待っているような
両手閉じられ、腕やや広げ
上着の裾ほんの少し翻り
あなたは
投身する鳥だった

下るだけ下るが終着はあって
寝息のように沈んでゆく
いつもより上から聞こえる君の声が
くすぐったくって　ぼくは
さっさと沈み切ってしまいたい
君は、ぼくが他愛なく冷たい方へ沈んでゆくのを
止めるか、引き上げるか、介錯するか、
共に沈むか、してくれますか？
ただ怖いのは　踏み込みが浅くなって
階段に着地してしまうことだけだった
こんな高さで風なんて感じもしない
ペンギンのように身を投げて

着地音が
冷蔵庫の扉くらい静か
だったから　あなたが
いつか私の元から
いなくなるってわかって
うるんでしまうのに
振り返って
ペンギンみたいに
笑いながら
私を待つ　あなた

人間らしく
助かり続けているだけだ
君は多分
ぼくを軽くはしないから
ぼくも多分
君のために飛べたりはしない
君と何枚の写真に写っただろう
発展を諦めて
既に終わりを笑っている
ぼく

ぼくは君の眼窩の幻肢痛、君に見せる、定められた喪失への回視
君から離れた眼球は、今でもぼくの内側で絶えず重量を増し続けている
かつて遠ざかった　君の視線が今も重なって纏わりつく　去り際
ぼくに向けられた視線は、皮膚間の残触を押収してしまった

視線の君は、いつの間にか、ぼくの罪過の目撃者だ
だからぼくは、今日も、罪人らしく、ほとんど引きずりながら、
腰から、一歩、一歩、を前に出している
ほんのりあまい慈愛の視線も、やがては酸化してしまうから
誰かの視線はぼくに蓄積する重い枷だ

この枷を
外してはいけない
外さないとぼくはいつまでも地を滑る鳥のままだ

なんだって君はいつまでも
いつまでもぼくにこんな枷をはめて
既に視界の外にいる
ぼくを咎め続けるんだ
去り際、君は眼球残して
苦役の監視、電気椅子のような回視
こぶのように膨らんだ
皮膚の下で微かに動く
君の眼球に手をあてる
君の温度がする　ここから全身を
引き戻せないだろうか　無理だよ
無理か　ぼくの中で君は

君の視線は　墓場から這い出て
足首を掴み　ぼくを引きずり込む
萎びた亡者の枷だ
回視の中の君の目が
ぼくを罪人だと言うから
ぼくは君に見られていると思うと
罪人らしい振る舞いしか
できないんだよ
もう隣にいないなら
ぼくを視るんじゃねえ
ぼくの中から消えろ
君の中から消せ
向かい合って瞳を閉じた回数を
すべては君が残した眼球が
放射しているものなんだろう

カーテンの下から零れた光の
ように腿の上で午睡するぼくの
髪をこまかく撫でている
君のまなざし、命のようで
君の視線がいつまでも
ぼくを繋ぎ止めていてくれたから
ぼくは陸に着地し続け
氷の海に沈下することがなかったんだ
月のようにどこまでも
視線がぼくの行く先を
照らしていたのは　ぼくが
君の視線の先にいたぼくを忘れないためだ
ぼくはぼくを抱え続ける　そして
ぼくの中の君を抱え続ける
君の視線の先のぼくの　視線の先に君がいる

だったら君の眼球を摘出しよう　　ぼくは君の視線をなくしてはいけない
君の視線はもういらない　　それは既に
忘れさせてくれ　　手放すことのできない
消えてくれ　　ぼく自身だ
この枷よ　だから
なくなって良いわけないんだ
なくすとか、そうじゃない。背負っていくんだよ、全部。君から見たぼく、ぼくから見た君、
隣り合っていた景色。ぼくはあの視線の延長線上で生きているんだ。生きていくんだ。
ぼくの見ていた君の、視線の届かない、先を。

だから、君の眼球を返す

皮膚に残る微かなへこみ
その肌寒さで踏み込む
鋭い風の間を滑り上がる

雲に透ける光の方へ
上昇音を響かせる
命の視線が体内に浸透して
あたたかな陽光のようにからだを包む
氷結していた翼は解凍されてゆき
ぼくは大翼をひろげる
背中に纏わるなつかしい温度に
息のような笑みがこぼれた
嵐に飛ばされそうなときは
少しだけ目を閉じる
大空飛ぶ遠い影を
見守ってくれ

偶数の瞳が
ぼくを見つめた

地上の旗

生まれつき乗り込んだ列車でぼくら、野良猫の姿勢でまるくこわばり、
街の明かりに背を向けて、締めた喉でささやかに叫ぶ
ぼくらの泣き声はどこまでも透明で、風の音と変わりないから、
誰もぼくらを見つけないのは、悪天と同じく仕方がないことだ

ぼくらは祈り方を忘れている、だから代わりに
片道からの下車券だけが、この手の中にある
ぼくらの生は、握ったこの手のかざし方
たったひとつの抗議の手段を拠り所にして、きつく結んだ指を解かずにいた
だけどほんとうはもう、気付いている

下車券は手の中で、既にふやけていて
滲んだ行き先が、墨のように溝深く
生命線をなぞっていることに

煤けた頬を流れる幾筋の滴だろう、ぼくらのいる路線図
絡み合う行方の上で、停車駅はあらかじめ決められていて
血管をなぞるように the next station is, 垢黒い類語がアナウンスされる
期間ばかりが記載された中吊り広告を眺めていると、連結部が徐々に薄れて
車両が永遠に続いている気がしてしまえば、
ぼくの歩行はすべて列車の走行に替わっている

車窓にはいつだって、ここではないどこかが映っていて、
それが一番きれいに映る角度に、首を　腰を　膝を　折り曲げていた
窓に触れると、薄い虚像のぼくがいて、同じ大きさの手のひらだ
目を合わせたら、遠い実像のぼくがいて、ぼくは身体を折り曲げる

プラットホームに降りても、ぼくが見ているのは、ここではないどこかで
やっと気付いたんだ、この景色は、
ぼくの眼球の内側に映っているんだって

からだをもつれた運行ダイヤの、鉄にながれて焼ける線路
礫の隙間に染み込んでいく、冷めた春の鼓動がきこえる
青く窄むみずたまり、息がくうきからとおい
ここにいずれ咲く花の、種が口端からこぼれていった

各駅停車する運命の上で
それでも逃すことを、ぼくらは知っている
命は確かな場所にしか停まれない
示されて遅延する現在地を
過ぎ重ねてぼくは　まだ
ぼくの行方を抱えていない

だから、ぼくは、運命から降りる
だけど、
この地上から降りはしない

ひらいた手をかざして、改札を抜ける

遮断機の内側で
ひと一人分の人生が流れる
外側から触れればはや過ぎる一命に
散ってゆく花片は踏切に照らされて
濡れた影を手のひらで掬う
一つの生が錆びさせる重さ
皮線のない両手で顔を覆う
眼球の膨らみ、鼻骨の突感、ぬらついた唇から漏れる熱息が

煮沸させる
この血の先に
何も定めない

独溢する命脈、ひび割れた地表に唯語が滲む
肋骨の骨間に指を押し沈め、カーテンを閉めるように、上体の皮膚を引き剝く
たなびく皮膚の重さを、全身で踏み殺しながら、孤進する
この身体は
あらゆる規定の外側へ
自らを導く旗になる
終点のない地上、膿み垂れてきた肉声が脚をつたう
現在地から指す行方には、否定の接頭辞が付いている
喘鳴する風が内臓を乾かす、漠然というつまづき
なだらかな未墾路を歩いていれば、身体には

線路の上を走る列車のような拍動がある
萎びた背の円みに翳る胸、肉声が足跡にながれて染み込む、固く、轍が敷設されていく
ついた

地上には
無数の旗が立っている

すべての理由を
回収してしまう言葉があるのなら、
ひとはその言葉をいくつ経由して
生まれてくるのだろう

このからだは旗
ひとがすこしずつ現在地から逸れるための
そうして行方を接いでゆく駅
生まれつく、はじまりのようなとうちゃくだった

ここにいる

実線

日影が染み込んだ木造の小屋の
壁に凭れて眠っていたのが
ぼくだった

ぼくは
こんなかび臭い部屋で
眠っていたんだっけ

ぼくの横に
錆びた釘が一本落ちていた

釘は嘲笑っている
ぼくの躊躇いを

指先から血が垂れている

子供の閉めた蛇口から垂れる水のように
地面に落ち続ける
ぼくの血は
ぼくの後ろに破線を引いている

ぼくは
ぼくの何も連続していないことを知っている

小屋の入り口で
蜥蜴が干乾びていた

ぼくは
唇の甘皮を
歯で剝いて吐き捨てる

どうあっても
ぼくは
ぼくだ

ぼくは
ぼくの流血以外のもので
ぼくの後ろに
破線が引かれないように
ぼくを構成する
ぼくの断片を
すべて

ぼく自身だと
認めなければならない

流血のみを隠蔽し
草を踏み倒して進む
ぼくは
ぼくを撤回しない

ぼくの断片のそれぞれが
ぼくの後ろに生み落としたものを
ぼくという存在で
ぼくが結び合わせることで
ぼくは
ぼくの後ろに実線を引く

粘土の町

粘土の町へ帰ろう
円形の公園と夕焼けだけの町に
やわらかな住人たちと
おどるように
帰路に着こう
粘土の町へ帰ろう
紙芝居のようにぐるぐると回る町に
直感なんてなくていい
きりとられた時間だけをくりかえして
つぎはぎの一日を過ごしつづけよう

何びとも口の中の苦みに気付くな！

インカレポエトリ叢書XX

水門破り

二〇二三年六月三〇日　発行

著　者　森田 陸斗
発行者　知念 明子
発行所　七 月 堂
〒一五四―〇〇二一　東京都世田谷区豪徳寺一―二―七
電　話　〇三―六八〇四―四七八八
FAX　〇三―六八〇四―四七八七
印刷　タイヨー美術印刷
製本　あいずみ製本所

Suimon yaburi

ISBN978-4-87944-537-7　C0092
乱丁本・落丁本はお取り替えいたします。